熠熠星光

畫意與詩情——林中斌教授序

和君正兄在偶然機緣認識，初始的印象其人文質彬彬，熟稔之後方知君正兄有著多方面的興趣，在略為靦腆的外表下，藏著炙熱的心，有如一座火山，外表幽靜，然內心澎湃，任事總以無比的熱情，戮力完成美麗的篇章。

君正兄自幼生長在書香之家，父親是一位作育英才的校長，也是隱居鄉間的畫家，君正兄從小看到父親將名山勝景融入畫作的點點滴滴，也看到父親一生耿介，安貧樂道的風骨，因而陶冶熔鑄了君正兄的樸實性情。而鄉下純樸的民風，田間的小徑，無垠的原野，廟埕的童趣印象與農家親切的問答，成為孕育君正兄文思的泉源。

台灣僵化的教育環境扼殺了許多學子的天賦才情，多少人在升學導向體制內埋沒了興趣，能夠堅持志趣而不隨波逐流者，毋寧是寥寥可數，誠如君正兄自述，從求學、服役到任公職，在歷經人生幾個階段後，幾乎將僅存的一絲創作熱情銷磨殆盡，然而事實證明，只要有心，仍有機會在夾縫中突圍，君正兄工作之餘堅持對詩的興趣，一路走來，始終如一，並未在各種現實環境壓力下繳械。

創作是苦悶的象徵，各種藝術儘管表現方式不同，但過程與動機應是一致，君正兄從多年固定的生活中，不被瑣事淹沒文思，這本詩集即是最好的證明。

君正兄自幼曾獲得作文比賽冠軍，並代表學校參加國語文競賽獲得佳績，更於高中嶄露詩文的才華，屢屢在全縣及全市的青年文藝刊物刊登作品，但遲至今日才出版詩集，原因固出多端，但何以在個人創作歷程中斷這麼久，卻突然於短期間接續年輕的創作生命，是可以探討的，從過往可知，他始終充滿學習熱忱及堅持其志，或許日常保持對藝術的關心，情懷仍不停的滋長，所以詩心不致枯竭，在某一個特定時點，火山的能量蓄勢，終於找到適時的出口而爆發出來。

對於詩，君正兄有不變的執著，高中時期，就以古城的詩人自命，但是人生走了大半圈，卻與當時的期許大相逕庭，如今藉此機會，總算回歸年輕時的自許。對於詩，君正兄自有觀點，他認為，妙觀逸想是詩的重要前題，妙觀是對日常事物觀察不落俗套，逸想是飄逸想像，達到創見，因此需要一番細看與苦思。

君正兄認同孔子的文學觀，「詩，可以興，可以觀，可以群，可以怨」，興和怨抒發個人的感情，觀和群則強調社會的意義，合以觀之，言志和載道，浪漫與寫實可以兼容並蓄。

有人說，詩是個人的囈語，也有人說，詩是美的語言，前者認為詩人寫下他的詩篇，並不刻意想到效果，而是抒發對人生的態度與看法，涉及詩的價值，而後者探討詞句、音韻與技巧，涉及詩的效率。君正兄認為好詩應可在價值與效率間取得衡平，他相信好的詩原本存在，詩人只是發現它。

君正兄認為詩無古今之分，中國詩在唐朝達到燦爛的巔峰，後來的演變惟有尋求時代精神與相應格式的搭配，畢竟所有事物都有演化的歷程。詩也無國界之別，歌德說「詩人就像是鷹，飛巡列國，縱目俯瞰，並不在意它下攫的野兔是在普魯士或是薩克森境內奔逃」。君正兄的詩有寫本土，亦詠世界，印證詩人合當世界公民。

有人引柏拉圖將詩人逐出理想國，進行對詩及詩人的批判，君正兄以為詩人將心思注入作品，清除人心田上那層積習的翳膜，不讓它遮蔽生命的奇蹟，詩人的吟誦是對神的暗示之截獲，藉融入的詞語通過人心而產生力量，故詩是人類共享的財富。

西方神話裡，阿波羅兼為詩與音樂之神，九位繆思之中，抒情詩的女神尤透琵（Euterpe）兼司音樂，手中握的是笛。專長情詩的女神愛若多（Erato）抱著豎琴，所以英文抒情詩（Lyric）一字語出於此。

君正兄的詩風一如秉賦，秉賦來自天生的氣質，君正兄的詩自然涵情，偏向抒情應是顯而易見的，這本詩集大部份的詩是他以一年期間追溯生涯所產生，因此無法以作品時間分析其風格的變化，然從詩表現的階段來看，追溯年輕時期的詩充滿感性，屬於前期的特徵，詩集涵蓋年輕到中年，後期轉向理性深思，其緣由，可能與身處的環境及後來至博士班繼續深造，不斷鑽研哲學思考有關，言為心聲，文如其人，其詩反應其人，是如此自然，從詩集分竹園崗、瓶中花、致蕭邦、辯證法四輯，可以化約為青春、追尋及回歸的人生三階段，對於本真的探索過程。這本詩集的特色就是自然，毫無做作，讀者若能從中體會，當能對蘊含的自然與誠實，產生共鳴。

存在主義哲學的創始人和哲學詮釋學的奠基人海德格以《存在與時間》開闢了現象學的新方向，並由人的生存出發，建構其理論體系，人生在世不免於煩，由於煩在畏懼中顯現，使人落入日常生活的沈淪，唯有從根本領悟，聽到內心的呼喚，恢復自己的本真，才能從沈淪中解脫。

海德格後期思想的轉向，強調語言的作用，及詩歌的本真性，提出「語言是存在的家」，他認為詩人是神在地球上直接的訪問對象，做為存在的牧羊人，把握了存在，因此，照亮、證實、強調人的潛力，本真的詩歌，是人居住在地球上的財富，我們期許君正兄能為我們創造更多的財富。

林中斌

自序

詩的表現，因人的氣質、才情與經驗而不同，即便是同一人亦因生活與時間的淬煉而呈現不同階段的風格變化，儘管詩之題材、形式、技巧常因人而異，但詩人關注的主題卻是相同。

「當其欣於所遇，暫得於己。」

「及其所之既倦，情隨事遷，感慨係之矣。」

王羲之在蘭亭集序的抒懷，宛如熠熠星光，跨越一千六百年的夜空，至今仍耀然紙上，「所以興懷，其致一也。」道出詩的質素，那是渺小的生命，面對無常與流逝，所生的悲憫之心，發而為詩，藉此尋求歡喜與憂傷的詮釋，得到生命境界的開顯。這是詩集命名為「熠熠星光」的緣由。

詩是心、境融合的載體，穿梭時空，若合一契。詩是生活，生活是詩，生活中的點點滴滴，無一不是詩，當時間流逝，詩能將活生生的過程，保存其真，還原其善，呈現其美，驗證人的存在，在無窮的時空中，不畏孤寂，不煩其瑣，不失其心，勇敢的對生命發出衷心的禮讚。

事物不停變換著，包括自己，其實是不自覺的，霎時回眸才發現，除了追憶，便一無所有。惟有化被動為主動，回歸人的本真存在，詩即為此形式的昇華，以此對抗光景的流移，物華的虛誤。

這本詩集，是自己多年來對詩的熱情與荒惰交織下的產物。藉著這本詩集，進行自我追溯，大部分的詩作是在不到一年的時間匆促寫成，面臨出版的一刻，不免陷入躊躇，適巧二〇〇七年考入博士班就讀，又有了藉口，拖延至今，也許就是這樣因循苟且，讓我省思，為什麼年少的詩心，開不出燦爛的花朵？多年來忙於向外追尋，反墮內在的空乏，經反思與自剖，我終於明白，對於詩，我是荒惰了，荒於對本真生命的回歸，惰於對生活的誠實面對。

這本詩集就在這樣偶然及曲折的過程中，在工作、求學壓力交逼下，為了不負當年的年少熱情，一鼓作氣完成了，企以不顧題材的侷限、內容的貧乏，乃至技巧的缺陷與通篇的和諧，而讓蘊含的誠實與自然，去訴說一段年青的歲月。

詩集承蒙書法名家杜忠誥大師惠題書名，林中斌教授於百忙之中慨然應允作序，篇幅大為增色，謹致由衷謝忱。於整理次子子喬幼時畫作，偶見繁花（或星空）圖，借作封面主題之詮釋，巧蘊親情與藝術之交融。本書之成，家人的支持，一直是我最大的精神力量來源，而親朋好友，關心垂詢，至為銘感，又承秀威出版社在不景氣中願意出版本書，在此一併致謝。

這是我學術論文以外的處女之作，謹將這本詩集獻給生我、養我、育我但已不待奉養的雙親周成校長與莊䚮女士。

周君正　二〇一〇年二月九日於三希齋

目次

輯二　瓶中花

輯三 致蕭邦

輯四 辨證法

目次

輯一　竹園崗

我的生命，年青時像一朵花，花啊，當春風到她門前祈求時，
她從充實中掉下一兩片花瓣卻永不感到失落。

——泰戈爾

革命軍

且不管
灑了多少熱血
只為一個目標
那怕是
龍潭，那怕是
虎穴
也必須闖一闖
流不盡的英雄血，恰似

鑄不完的九州鐵
我們有組織有信念
有主義有理想
且不顧
任務多麼艱危
局勢如何惡劣
為一個目標
即使是付出生命
即使是肝腦塗地
也在所不惜
經過了七女湖，防城，鎮南關
我們以軀體以鮮血

架橋鋪路
走過了上思，河口
踏著血跡前進，終於
在那年的三二九
我們為永恆的勝利
埋下了基石
如同在黑綿綿的昏夜
點亮一盞明燈
我們點亮這個日子
那一陣鬼哭神號天驚石破的激戰
過後
我們的熱血凝為碧血斑斑

我們的精神爆出黃花朵朵
我們遂化成
碧血，黃花
我們遂化成
黃花，碧血

一九七五年五月
《南市青年》四期

四季牧歌

初春麻雀的聒噪譜成串串綿邈的記憶
深秋木葉凋零勾起年少懵懂的哀愁
既是天風颯颯
為何心花仍不迸放？
好隨風飄出亙古的幽香

戴著斗笠，赤著足
迎風徜徉在藍天下

掇拾那一年歲的歡笑
蘸滿河邊野花的鮮艷顏彩
畫成春雨後的彩虹

一抹緋紅染就殘埂散碎的田野
朦朧透亮的星子眨著細眼
悄悄與深邃的蒼穹互訴衷情
伴著胯下的老牛
沉醉於蔗園中蟋蟀的唧唧歌聲中
此時情景
我和老牛喝醉了般
踉踉蹌蹌的踏月歸去

或是寒冬的粗獷刮走花季留下的一息輕盈
或是仲夏的厚重掩去姹紫嫣紅的一片年少熱情
不管在山之巔
在水之隈
生命的第十七朵花兒已經凋落
我必然擁有一個燦爛的春天
因為那個春天飄著一個牧童的故事
因為那個春天飄著一個牧童的故事

一九七五年九月七日
《南縣青年》二十六卷八期

水仙詞

踐遠遊之文履，
曳霧綃之輕裙，
微幽蘭之芳藹兮，
步踟躕兮山隅。

——曹子建《洛神賦》

縷縷瘖啞蟬聲繚繞揮之不去
鳳凰花灑落一地胭脂

綴成一片喧鬧
雲雀唱起輕歌
就是葵花也不禁潸泫
泣下沉鬱的粉淚成串
綠水呢喃著緜邈的離愁
白鴿翩然舞弄婆娑樹影
校園小徑早蓋滿年老痕跡
難道你我童年的歡笑
已隨遠去的歲月枯萎
幌動款擺的椰影
搖落璀璨的記憶無數
五月麝香薔薇低低語絮

道盡季夏的悽然
深夜夢迴，星子無言
我亦無言
燈下峋瘦身軀低吟
曹子建亙古的落寞
也輕曳甄宓無言的悲歌
譜成清嫚底無盡的悵然
煙霧氤氳迷漫
往事縹緲已如夢痕
幾分熟稔，幾許淡漠
寫就你我初識尷尬的詩篇
南國風尾飄來歌者哀颯之音

我的容顏必然憔悴
醉飲一季琴韻風聲
試圖擁抱季夏的雍容
卻猛然發現
我已虛擲太多青春年華
我昔年夢想彷彿也已飄然失落
荷塘岸邊長滿蘆葦
西面竹林響起秋的跫音
颯颯秋風遂起
吹走整季夏的奼紫嫣紅
蕩盡了殘留的青蒲紅榴
霜穗撩撥秋的琴鍵

奏出一串蕭瑟連緜的音絮
盤旋於楓葉、荻花之間
於是楓葉泛紅，荻花翻白
組成秋炫爛的容顏
沒有瑰麗卻帶一絲悽楚
沒有寒沁卻有一分燦爛
正如秋月徘徊彳亍
欲語還休，臉帶秋的愁容
雲淡風高
孤雁嘎然撩起故鄉的迴響
掇拾山坡紛落的桐葉
細數枯萎的脈絡

多少華年已封存在錯綜葉脈之中
西風乍起
桐葉紛紛凋落，紛，紛，凋落
回眸忽見園中菊花已然迸放
秋侵人影瘦
霜染菊花肥
夢裡水仙四季怒放
若流風回雪，似芙蓉出波
穠纖得衷，皓質呈露
水仙
南國的水仙
只夢裡得見

掩不住心扉一股嚮往
寫那旖旎的樂章
水仙詞

一九七五年九月二十八日
《南縣青年》二十二卷五期

竹林歲月

——一曲輕彈情如夢
曲中有誓兩心知

後門那條蜿蜒的小徑已經荒蕪好久了
整個夏季都沒有人走過

今年秋
淅颯的雨聲響自亙古菟絲花開的夢季
年輕的歲月何嘗有過綺麗的幻想
只不過試圖擁有那一年歲的叮噹笑語
卻無奈地沾滿記憶的泥濘

後門的小徑通向一個詩意的竹林
竹林裡有鳥鳴有落葉
而且充滿溫馨的氣息
你也聽說那個竹林嗎？
沒有也沒關係
那片竹林每個朝暾和黃昏總籠罩在一首散碎的哨聲裡
斷斷續續的口哨長久以來便零落的遺失在竹林每個角落
當聒噪的秋風吹起
口哨驚慌的停止了
而林鳥也倏忽淩空飄去
小徑就開始荒蕪了
到今年夏季還沒有人走過

你必須記起
今年秋季我還要再一次溫習你那紙信箋
我要走過那條蔓草藤蘿覆蓋的荒蕪的小徑
也要拜訪久被蒼涼盤據的竹林
然而
到底什麼時候我們才開口說第一句話呢？
這是我們無法瞭解的

一九七五年十二月十四日
《南一中青年》一〇六期

竹園崗

鳳凰花城，曾有我年少的夢
為賦新詞強說愁的青澀歲月
於今已遠了
星光燦爛的夜晚
偶然憶起竹園崗
初露的風華與豪情
經過人生砲火的洗禮
居然仍閃閃發光

我又記起
電影裡，唐吉訶德自封騎士時
那段唱詞
忍受那不能忍受的苦痛
跋涉那不堪跋涉的泥濘
負擔那負擔不了的風雨
探索那探索不及的晨星

二〇〇四年七月十五日

附註：「竹園崗」為台南一中饒富詩意的別名。

龜山島

你是一隻千百年的奇龜
千百年就一直守在那裡
一碧如洗的海面
因你的堅定而成一景
也不管你的頭到底朝向何方
晴天豔麗
看你清新的模樣
以為你會頑皮的翻滾一下

當一片愁雲罩你的頂
蘭陽平原就要陷入風雨
千百年來
你守著這海天一線
從來也不累
人們以為你一動也不動
只有在車行萬裏
無意間瞥見
原來你已經掉了頭
忽近忽遠
你保持一貫的從容姿態
看世人年輕到年老

夢想與幻滅
只有你
淩波於萬頃茫然
展現靈活的身首
幻化古今

二〇〇四年七月二十九日

雨季中的鳳凰花

一簇簇一團團
火焰在整個城市延燒
古城映照的花海
教人心驚
季節浮現的容顏
在熊熊烈焰中
無視炙熱的豔麗
如浴火的鳳凰

以矯健之姿
宣示屬於自己的永恆

年年此時
那目擊的幻影
總是烘托多久以前的激情
在雨季中
隔著層層水幕
依依難捨
紅豔的唇印
飄零的花簇

飄渺的青春
年少的身影
隨車流穿越
盪漾在焚然的胸臆

猛回首看到
雨季中的鳳凰花
像一團熊熊的年少熱情
永遠楚楚動人
燦放在濛濛細雨中

二〇〇五年十月二十七日

再遊陽明書屋

莽莽蒼蒼啊這塵寰
遠遠一灣流水劃過
咫尺與遙遠
多麼寬廣的空間
不停止的時間
從這一片青青草色出發
昔時氣象
讓人聯想英雄的發跡

與古國千年禁錮的傷痛
群山環繞的幽境
花自紅
蒼松也迎候
一步一凝思
當年信步於此
空蕩蕩的迴廊
苦思千百年的鬱結
瞥見悠遊的池魚
猶發逆溯的懷想
一步一步踱著
從森嚴的外頭

到莊重的裡頭
未想就此走入歷史
從此遠眺
氣吞山河壯懷激烈
可恨歷史的走向
就如那一灣淺水
奔向莽莽蒼蒼

二〇〇五年十二月十二日

二〇〇五遊摩耶精舍有感

誰能潑灑出這般氣勢
而未忘懷細膩的國色
即便是小小的水僊花
亦呈現三千大千世界
如今這一片落寞的家園
如果有情
是否還惦念昔日的盛景？
外邊水聲潺潺

就想成長江萬里吧！
進門的奇樹
頗有盧山圖局部筆意
而突然幾聲猿鳴
令人懷想主人傳奇的一生
萬裏跋涉
面壁敦煌
曲折迭宕猶似一幅巨構
一篇史詩
以無比的志氣
向傳統汲取精華
開闢未來
可敬啊無愧的一代宗師

牢牢接穩東方藝術傳承的棒子
可歎啊此棒將傳何方？
北風冷冽在這梅丘之下
就是你高亮的魂魄
如果看到
四周豪宅親你之名
將你環環圍繞
將如何攸然寄一丘

二〇〇六年二月四日

附註：大千居士墓旁有亭翼然，亭柱對聯曰：「獨步成千古，攸然寄一丘」

回鄉偶書

發自內心
感受你的無所不在
走在長長的街道
走向你
不忍回想
這一片夢土
綠葉與紅花的故事
兒童在廟埕嬉戲

走向你
一切今非昔比
茫茫的風中
縱然似曾相識
此情將永留心間
留在心間
離開長長的街
沒人問客從何處來
啊一切已遠颺
我感受
你的氣息無所不在

二〇〇六年五月十五日

紅樹林

放眼這一片
盎然綠意
據說是世界僅存
稀有的胎生植物
多麼特別
成片依依在水邊

隨著潮汐感受你

心情的起落
從年輕就寫你
呼吸著潮浪的呼吸
坦露著火紅的胸臆
二十歲的言語
就再也無法接續

而今
你依樣綠意盎然
我已非唇紅少年
三十年
總算在白茫的渡口

不只看到你感受你
而且聽到你的回音

你原是觀音的楊枝
在落日前
教人認識為何樹林曰紅
莫非那穿梭徜徉的白鷺絲
是你的信者
傳達了以自然為師
不要再進行永無休止的爭鬥

二〇一〇年三月二十九日

蘆葦

滿山飛白

寒風中
你默默頷首
低頭　低頭
又抬頭
好像要對我說些什麼

附記：一九八一年於基隆港檢處服警備役，雨港濕冷，猶記在暖暖世界貨櫃場服勤時，伴隨的，並非暖暖，而是襲襲冷風，及環繞週山一片飛白的蘆葦，頻頻對我點頭，消遣了遠戍的蒼涼；曾以示人，皆捧腹絕倒，多年以後，惟一能完整背出的，僅此一首。

輯二

瓶中花

這江上曾有我的詩，我的夢，我的工作，我的愛，毀滅了的似綠水長流，留住了的似青山還在。

——胡適

微笑十四行

——題寄蒙娜麗莎

專注的眼神
會心的笑
像在訴說一段親切的往事
何其有幸呀
任他時間交錯
空間重重阻隔
也擋不了

這必然的交會
霎那間互放的光芒
照亮彼此
寂寞的溫暖的心
緊抿的嘴唇
飄逸的髮
如詩的勾勒這一幅不朽的畫

二〇〇三年十二月二十二日

桂花

不必再說什麼
多說本是無益
只希望用心體會
那淡淡的一縷
清香

二〇〇三年十二月二十三日

認識

起初是一抹淡淡的微笑
待你以泛泛的禮貌
接著是旋風式的互動
微微感到
那共振的頻率

其實這也只是
一般的過程

還談不上
對你有特別的
認識

直到發現你那
細緻的小動作
代表的含意

才算對你有起碼的認識

二〇〇三年十二月二十四日

思念

像一個精靈
無論如何想要
刻意忘記
偏偏卻想起

那魅影
無時無刻
總是跟著

走到那兒
就跟到那兒

好不容易事情一忙
以為已忘記
一下又襲來

剛從時光的夾縫逃脫
頃刻又在夢中守候
明天醒來
驚見
那更大的思念

二〇〇三年十二月二十八日

話題

我說的話
你總在傾聽
你說的話
我都明白

從開始到現在
好像有說不完的話

有時候
我話中有話
看你
那有意無意的
表情
或是，相反的情形
我裝傻

不管互相有沒有
猜到原意
至少

都不用刻意
去找下一個話題

二〇〇四年一月一日

亂講

你常說我亂講
但願你知道
我不是亂講

心平氣和
說的字字句句
好聽又好記
無人不歡喜

當心有所繫
情急又難說
一時心頭亂
說的話不討喜
可能也不達意
難怪你說亂講

過些時日
讓心情沉澱
你將發現
我不是亂講

二〇〇四年一月三日

因為你對我好

我感受到
那狂飆的速度
把風把電
遠遠拋在腦後

因為你對我好
我感受到
那持續的熱度

把美麗的公路
迷人的風景
收到五二三引擎
盡情奔放
因為你對我好
我感受到
那不可測的深度
以潭以水
都無法估量
這情份
因為你對我好

我感受到
那緜緲的長度
向未來向遠方
或竟隨一縷相思
漫延到遙遠的夢裡

附註：李白詩「桃花潭水深千尺，不及汪倫送我情。」

二〇〇四年一月十日

免疫力

愛情
是一種病
不分男女老幼
只要是
有心人
就可能患
其癥候

開始是相思
接著患得患失
以後就整日心神不定
寢食難安
嚴重的話
還會致命

莫以為
身強體健就安全
他潛伏在心靈深處
也不知何時何地
總趁你一不注意

攻克防禦系統的脆弱處
伺機發作

若沒趁輕微
理出頭緒
對症下藥
可就麻煩
有的人
很簡單就痊癒
像感冒一般
也就沒什麼稀奇

有的人
一患就嚴重
一生一世受其苦
這種情形
最好學習
如何提升免疫力
與他和平共處

若要免除痛苦與折磨
除非斷了一切凡根

二〇〇四年一月

你的心事

你的心事是什麼
我不知道
寂寞淒清的夜晚
迎面而來
陣陣寒雨
趕路的心情迫切
方向卻茫茫
終於暫時停在

臨空鳥瞰的故地
看那燈火燦爛
散漫了無邊愁緒
裡面的光影呼喚著寂寞
希望蘊含在玻璃外
的一片迷濛
當風雨更急
窗外更冷
就讓車內的微溫
滿載美麗願景
以速度

衝破風雨一路前行
方向就是你的心事

二〇〇四年二月八日

山水盟

山水相映
水因山清
山為水媚
永不寂寞

二〇〇四年二月二十三日

漁港聞笛

我們倚在樓臺上
聽著
吱吱喳喳的鳥語
雖然不知道它的內容
但感覺是甜蜜蜜的
當漁港的鳴笛聲響了
一縷船煙飄起

看著
明媚的青山，傍著春日海景
我們的心竟悽愴了……

二〇〇四年七月十九日

附記：二〇〇四年二月二十八日第三度遊翡翠灣，偶然來到野柳一不知名的漁村，隨興往最高處走，竟發現一絕佳的觀景樓台，看著美麗的春日海景，忽聞漁港鳴笛，一時心境轉變，港口從來就是離別的象徵，同時又有賦歸的含意，景物結合心境，乃有不同的詮釋！但離別的悽愴，與歸航的歡欣，感人則一。

我和他在這裡分別

山無陵，江水為竭，冬雷震震，
夏雨雪，天地合，乃敢與君絕。

漢 樂府詩

心潮起伏，過盡千帆
不是一句話能盡訴
這分別的地方
是喜悅、痛苦交織的終點

也是祝福與回憶的起點

理性感性熾烈的交戰
終不敵命運的巧手一揮
似乎早已寫好的劇本

相知卻分離
有情最終似無情
我相信他的眼神
淚水潸潸而下

纏綿的故事
山水的盟約

轉眼化為陳跡
世事變化多麼快速
一切隨風而去
我只記得
他美麗的笑貌
如玲的聲音
以及他對我的好

二〇〇四年六月五日

如果

如果
我的心沒有你
那麼
我的心還有什麼？

如果
你已忘記了我
那麼
你還有什麼不能遺忘？

如果
我們的認識
是一場錯誤
那麼
我們應該慶幸
還是悲傷？

在燦爛的星空
兩顆星子無聲的交會
錯得多美麗

二〇〇四年七月二十九日

你送的筆

一支溫潤
熠熠黑色光澤
內蘊神秘，外透高貴
渾然天成，你送的筆
套頂的白雪
象徵至高的峰巒
也是黑海的發源
其側鐫琢

一段奇航的傳說
那是我們沿著
波紋前行的遭遇
衝過暴風雨
卻徒留一圈銀色的記憶
我們一起樂觀奮鬥，也一同哭泣
歷練成長
想我們如何渡過
霧中的礁區
暗藏的湍流
擺脫羅雷萊的歌聲
一路來到筆身盡處

那一彎明亮的沙灘
經過嚴酷的考驗
終於明白
結局就是我們走過的溯源
當我把筆套輕輕一轉
銀色筆尖探出來
流曳出字字都是對你的思念

二〇〇四年八月十三日

風中傳奇

昨夜的颱風，浩浩蕩蕩
像有趕不盡的路程
喊不完的心聲
在臺北翻捲起伏
風急雨急
如此首都夜景
在訴說著什麼樣的心事

雨中黃葉，燈下白頭
我是多麼想念
多麼心繫
你濱河的家居
此刻你在想著什麼
是否還惦記著
我們的風雨來時路

二〇〇四年九月十日

去年冬季

你像鴻飛的造訪
雪花般相逢
相知復相忘
當今夏最後一瓣鳳凰花
飄落時
遂憶來時夢
憶起那晶晶年華

二〇〇四年十月五日

寸心

惦記
在不停止的時光中
閃爍的一份深情
感謝
那慈悲的心
和無悔的付出
曾在深夜讓我感動而泣
永不忘記

二〇〇四年十月二十八日

我從不向他表明

我還眷戀著
蕭瑟的風中
想著以前的事情
未來也不抱希望
就是這種心情
我還眷戀著
自從離開以後
我不向他表明

因為我想作一個
對於他
是例外的人

二〇〇四年十一月五日

如雪

那是一個銀白的世界
風起心緒也搖落
怎能想像如此淒美的景色
竟要兩顆懸念的心來完成
如天際紛紛飄下的細雪
無聲無息降臨
這樣銀白的世界
那深邃的眸光乍亮

反映每一吋柔細的肌膚
就像這一片天地
這樣近又那樣遠
也只有等雪霽天青
才知道是一場夢幻
或無奈的真

二〇〇四年十一月七日

風中的佇候

你還在睡嗎？
或是清醒著
你在做什麼呢？
看往來的車
想著不可知
任寒風
刮過臉上
吹到心裡

為什麼不接電話呢？
時間像停在定點
何時會有消息呢？
不相干的人不停走過
天已暗，風更冷
我決定打最後一通電話
向你道別

那一頭你說
「累了竟睡著了」

二〇〇四年十二月十八日

回眸

依依難捨
我正要啟程
你送我到車站
街燈一一亮起
登上巴士
回眸看到你眼中
的無限深情
巴士緩緩開動

你的車在前面加速
消失在昏茫的夜色
我頹然坐下
明滅的燈影裡
我忘情的搜尋
驀見你刻意折返的車
如是交會如何描繪
長髮飄起中你的回眸

二〇〇四年十二月二十日

瓶中花

——滿插瓶花罷出遊，莫將攀折為花愁

我像那瓶中花
為你紅
為你發
無時不戀著你
無刻不想著你
我是那瓶中花

雖然是
紅得短
謝有時
對你的心也始終一樣

縱然一切都已改變
花瓣隨之凋落
留下的不是愛情的糟粕
而是一生一世
護你愛你的馨香

二〇〇四年十二月二十一日

春紅

——有贈

謝馳春紅兮
富於珂玉
琪誠淑美兮
君心不移

二〇〇六年五月八日

紅霞

卓然而立
燦爛如花的綻放
霎時泛紅著臉
如天邊的微雲
而風姿是綽約的
自掌中遞出
從眼神看出
那一抹

微微的
微微的
豔麗的
紅霞

二〇〇六年五月十一日

方程式

夢裡臉紅心跳
正做著方程式的習題
多麼窘迫的回憶
駑鈍如我
雖然勤加溫習
就要解開未知數的謎底
這回仔細一看
碰到罕見的難題

當下解得滿頭大汗
眼見不得其解
霍然醒來
原來是一場你出題的夢

二〇〇六年五月十日

想你的時候

風起微微
來自內心的凝結
無非是
每天深深的探候
盈盈你的笑語
微風般輕扣
我緊閉的心扉
風吹微微

悠悠你的思緒
不能探索
彩雲般的夢境
我已如癡如醉
風拂微微
搖曳著歡欣的翅膀
翱翔
寧願相信
這是一則美麗的傳奇
縱然
推開尋常一樣的門扉
再不見你閃亮的笑容

再不得你萬般的愛寵
我仍在風中等待
不能預計的重逢

二〇〇六年八月四日

河邊燈影

從白天到黑夜
微風吹過河的兩端
從彼端到此端

我的念乘著
微風輕拂你的髮絲
趁你神采奕奕
將燈影搖曳
令你炫迷

從黑夜到白天
微風吹過河的兩端
從此端到彼端

你的眸泛著
淚光撩撥我的思緒
醉飲茫茫月色
我將記得
你迷人的面龐
如遠去的燈光

二〇〇八年十一月二日

思四帖

之一

時速三百公里的列車
向遠方不停奔馳
而我的心卻停駐了

之二

陽光斑斕踱著時間

雲層是我所寄
千里投映你心

之三

風拂過綠氈
似無形
卻輕輕帶著訊息

之四

歲末天寒時分

冰封大地
已蘊著春的芬芳

二〇〇九年一月

輯三

致蕭邦

世界無窮願無盡，海天寥廓立多時。

——梁啟超

大阪城

難攻不落啊！
四〇〇年巍巍的大阪城
豐臣秀吉當年掘起的氣勢
像一片繁花
蔓向大地

怎料冬之陣繼以夏之陣
竟將巨岩的堡壘

付之一炬
那愛妾孤子的命運
如最後一瓣櫻花的凋落
滿城頑石在春風中
依然寂寞

附註：豐臣秀吉建大阪城（一五八三），
豐臣秀吉席捲扶桑，
豐臣秀吉卒（一五九八），

二〇〇四年七月十二日

冬之陣（一六一四），
夏之陣德川家康毀大阪城，
豐臣秀吉家族煙消雲散（一六一五），
夜渡瀨戶內海寫大阪城（一九九三）。

北國航路

童話故事般，從小耳熟能詳
乘著豪華郵輪
緩緩滑入白帆與小島交錯的夢境
攜著小小的羅曼史
展開雙手，站在船的最前頭
你能想像嗎
耳得之聲，目遇之色
藉著隨我盤旋的鷗鳥的導航

進入海與天的世界

從斯德哥爾摩到赫爾辛基
一條湛藍的航路
是遙遠的北國間，最短的距離
當我的船穿越波羅的海
我的夢醒了
我急於拜訪齊瓦哥醫生的家鄉
尋找小白花的往事

至於那醜陋的山鬼的傳說
與船上碰到的講一口流利外語的女子

的關聯
只有留待想像了

二〇〇四年七月十六日

附記：一九九八年八月曾有北歐之行，八月二十二日傍晚，從斯德哥爾摩搭乘郵輪橫度波羅的海前往芬蘭，至今仍清楚記得，船頭小立憑虛禦空，天地蒼茫的感覺，我的船不僅穿越波羅的海，竟也穿越時間穿越記憶。

致蕭邦

偉大的音樂天才
作曲家
憂鬱的鋼琴詩人
從小就聽聞你的名字
今天，我的遊蹤有幸拜訪
你一八一〇年出生的故居
看你家居整齊的擺設
桌上有花

牆上懸你親人的肖像
當眼光來到那鋼琴
心弦一震彷彿聽到
遠處一聲琴鍵輕扣
循著琴側案桌往上
終於看到
你的肖像
啊！東方西方
古典現代的交會
霎那展露繆斯
對一切價值爭辯的漠然
你的眸光流露

先天的氣質
伴隨你勤苦的一生
以及不朽的音樂
美麗無法居留
院中蒼鬱的樹
一列伸著長脖子不知名的花串
迎風搖擺
像穿過時光
物華流轉
看見你的成長以及
伏案作曲，忘情彈奏的神韻
當你的才情凝聚

世界就是你的舞臺
你的年輕歲月
怕趕不及完成偉大的篇章
從華沙到巴黎
到世界可能的角落
都看到你才華顯露
人世不因你的仁慈，與祝禱
而停止現實的庸俗
與殘酷
多愁善感，心思敏銳如你
出生與記憶不能選擇
你羸弱的身軀

如何負擔這麼沉重的歷史
國家與民族
無限的傷痛
悲苦的黎民仰望
啟蒙光芒的昇起
你是閃爍的一顆浪漫之星
革命的練習曲，民族樂曲
夜曲，圓舞曲
撫慰了受傷的心靈
愛情離你而去
聲名卻追逐著你
你一個天才

嘔心瀝血，將愛譜出
國家民族的尊嚴
世間給你以微末
你回報的卻無窮
猥瑣的世事如何
與你的光華比
或許你三九歲的英靈明白
至少人們敬重你愛你
誰記得那喪國的國王
或那個貴族
Lazienknowski公園
樹木幽深，小鳥鳴唱

站在紀念你的銅像前
像風中無聲的樂音
在無數的心靈迴盪
愛情不再讓你憂傷
對照旁邊皇族的宮牆
我才領悟
付出方屬高貴
佔有只是一時
強權不是真理
你永遠年輕
歷史的安排有道理
齷齪的政治

殘酷的歷史
卑劣的人性陰暗面
一切不公
終究過去了
或許還會循環重演
如同短暫的歡樂
易碎的愛情
都要凋落
只有你如舊
你的琴聲超越思想
進入永恆
透過一些憂鬱

你撫慰後人說
真善即是美
這就包括
我們能知道，和該知道的一切

二〇〇四年九月二日

後記：一九九七年遊東歐諸國，參訪蕭邦故居過程，內心感受強烈；之後看到納粹集中營、諸共產國家面貌，撫今追昔，感於價值的衝突形成歷史的軌跡，是非對錯，徒留無盡的爭辯。

雪梨歌劇院一九九二

白色的風華
似貝的絕代編織
如磁的吸引
白帆點點
如繁星，閃耀於你
深藍的港灣

你的奇麗

一見便永難忘記
據說，你外型的創意
非來自有梨如雪
或貝殼的堆砌
而是剝下的橘皮一堆

讓我聯想
順著創意發揮吧！
不猶豫也不停留
將藏匿於層層障礙
的靈魂還原本來面貌
成就曠代的美

攫取永恆的青睞

二〇〇四年九月八日赴樹林電車途中

附註：一九九二年八月四日遊雪梨港，當遊船由遠而近，雪梨歌劇院矗立的美，如恆星的吸力，牢牢攫住記憶，迴繞其軌道。

葡京賭場

殖民文化的地標
巨大鳥籠般聳立
透著迷一樣的詭異
肯定從一個邪念開始
逐漸侵蝕整個靈魂
認為自己將擁有一切
包括金錢女人和役使世界的權力
可是啊！

這迷幻的地方
除了聲色還是聲色
那鳥籠
藉你的自信貪婪與怯懦
一步步攫住你的靈魂
邪惡取得主控
露出得意的笑
你的善良像囚鳥
而你自己
在茫茫的昏夜
猶喃喃自語
夜，怕將盡了

再搏他最後一把
好把世界贏回來

二〇〇四年九月十五日

附註：在不同的時空，曾造訪世界不同的賭場：摩納哥、拉斯維加斯、黃金海岸、華克山莊、葡京……儘管地點不同，呈現人性弱點相同。

永恆之城

愛情經得起時間的考驗嗎？
青春經得起考驗嗎？
繁榮經得起考驗嗎？
一切美麗的東西
都經得起考驗嗎？

從古羅馬到拜占庭
從紀元前到中世紀

從興起到滅亡
一切有形之物
在時間的壓力下
俱化為塵土
而無形之情
在歷史的長河閃爍
或竟飛灰湮滅
從野狼哺育的肇建兄弟
流過凱撒的起落
與埃及豔后纏綿的故事
流過奧古斯都蓋世的功業
到暴君焚城

羅馬不是一天造成
亙古以來這不滅之城
英雄美人俱往矣
羅馬仍然屹立
帝國的榮光不再
卻以這片廢墟宣示
與時間征戰的勝利

舉目可見這斷垣殘壁
一柱一石
莫不道盡二五〇〇年的滄桑

那藏於一砂一塵的過往
正如自己的荒湮歲月
藏著多少秘密與幽微
除了自己，誰能瞭解？

偉大的凱撒渡過盧比孔河
向凱撒致敬
更要向無數締造歷史的靈魂致敬
無可改變的命運
無數靈魂閃爍的微光
照亮永恆黯然的角落

從時空定點
想像以前種種
推測其法則
如何確知真相呢？
以後的發展呢？
永恆只是一堆頑石嗎？
答案就像台伯河流過羅馬城

二〇〇四年十月十六日

附記：

西元前四十九年，凱撒揮軍渡過盧比孔河，參與和龐培奪權的內戰，勝利後旋擊敗東來的外患，他向元老院以三個拉丁字報捷——我來，我見，我勝，變成歷史名言，渡河也引為作出決定性和不可改變的決定，西元前四十六年執政，結束共和，作為偉大帝國的開創者，凱撒的確令人炫迷，但也因此埋下被刺的命運。

莎士比亞的悲劇Julius Caesar，反映政治權力鬥爭中微妙的命運變化，指出人們自己決定行為，而他們的行為就是他們的命運，反叛者布魯特斯如是，安東尼及克麗奧佩脫拉莫不如是。

一九九四年三月初次來到羅馬，看見了幾乎是整座的歷史博物館——這永恆之城，原存的浪漫情懷，被龐大的歷史壓迫感取代，佇立西班牙廣場，想到當年拍攝羅馬假期的男女主角，而今安在？從羅馬世界的象徵卡比托綜觀，數不盡的遺跡，透露多少前朝往事，不為人所知，在許願池投下一枚錢幣，沒想到竟應驗傳說，我再來羅馬。

二〇〇〇年八月再度來到羅馬，看見時間並未改變羅馬，反而人世已產生很大的變化。相信再過十年，百年，羅馬還是現在的樣子，只是人事已非，人在無限的時光中，生滅曾不能以一瞬，個體如潮流裡的點滴，點滴裡的微塵，此時想起劉禹錫西塞山懷古：「人世幾回傷往事，山形依舊枕寒流。」，和陳之藩《在春風裡》：「不朽是什麼？不朽只是風聲，水聲，以及無涯的寂寞而已。」

江南旅情

其一

冷冬籠罩下
萬般氤氳的柔情
這太湖如何佳絕
可要藉著小小的微微的
清新口音

才說得明白

其二

你引我來
夢中的水鄉
那美麗的傳奇
在波光盪漾
你引我來
吳越的故地
包孕千年莫是你
脈脈的眸光

其三

江山多少隔閡
歷史多少情牽
這一片
煙波浩渺
永遠繚繞在
多少人的夢裡
翻攪在
多少人的心中

二〇〇六年十二月二十八日

星際旅程

星暮驚寒的歲月
晃翼閃動的旅程
十二月，你乘天使的小舟
泊長寂於霽色的霜天
馨香伴你聆聽
喜訊和飛羽鵲起
星馳琴弦似水
織歌與靈光輕灑如詩

你依是編織著春草的夢
小教堂的鐘聲又扣響
一聲一萬個祝福

二〇〇四年十二月

輯四

辨證法

昔我往矣，楊柳依依。今我來思，雨雪霏霏。

——《詩經・小雅・采薇》

辯證法

事物發展存在兩個現象
一是正在消逝的過去的殘餘
一是正在成長的未來的萌芽
這也就是一切變化和感傷
的來源

二〇〇四年七月十三日

附記：事物發展原是正與反相互激盪、辯證的過程，矛盾——演化——揚棄（舊的）——躍昇（新的），正反合的循環，也就是進化的過程，所以，嚴格說，每個人，任一時點已非相同的人，這也是藝術家之所以要造自己的反，不停的突破舊的束縛，延續其創作生命的原因。

日記

——臨水種花知有意
一枝化作兩枝看

原始人以結繩寫日記
一般人以文字寫日記
記者以新聞寫日記
藝術家以創作寫日記
農人以汗水寫日記
礦工以深沉的壓力寫日記

每個人寫日記的方式或許不一樣
但紀錄人生的苦悶卻是一樣
我以我的詩寫日記
將我心靈的感動
對自我與人生的探索
作如實的紀錄

二〇〇四年七月二十七日

一首詩的完成

不必探求他的來由
也無需評論對錯
他總是
聯繫著某種特別的
感動
由真出發
歷經千難萬劫的痛苦
內心的掙扎

終於理出善的頭緒
最後憑著
一股對美的堅持
以心血將過程的結晶
作忠實的呈現

二〇〇三年十二月二十三日

俄羅斯北奧塞梯亞學校人質挾持事件

一具具孩童的屍體
一聲聲心碎的哭號
為什麼緣故？
無爭的校園
變成殺戮的戰場
一絲絲最卑微的寄望
一次次毅然的攻堅

為什麼緣故？
強大的政府
變得這麼無助

二〇〇四年九月五日

美好時光

愛情，像杯酒盛滿
蓓蕾將開
歡樂，像晨曦的露珠
泡沫般易逝
青春，像燃燒的蠟燭
有限的資財
啊！美好的時光
開始就注定

寂寞收場
感受他的美好
更助長後面的哀傷
只有真理實在
真理在那裡？
只有平淡與痛苦
隨時存在

二〇〇四年九月十七日

物理學

是雨就會往下掉
是煙就會往上飄
沒有煙雨就不是江南
不是愛情就不會互相牽引
不會傷心
就不是愛情

二〇〇四年九月十九日

詠寂寞

寂寞無邊
就像苦海
難道不是？
當風光的日子不再
當戀情枯萎
當年華老去
寂寞來襲，啃蝕人心

寂寞茫茫
就像人海
難道不是？
財富聲名美貌
權力知識才華
有人無從匹配
有人汲汲營營
無人不免憂傷
無時不令人泫然
歡樂盛極一時
寂寞悄然掩至
並將之殲滅於絕望
的境地，此時方認清

歡樂是一濃妝的妖女
玩弄你於一時
隨時棄你不顧

當寂寞全面掌控
惟有從感官退卻
轉戰心靈長期抗戰
寂寞此時，讓心眼張開
看清本質
發現真理，超越憂傷
便有了機會

二〇〇四年九月二十二日

人生四季

——羨萬物之得時，感吾生之行休

萬物欣欣向榮
你天地之子
正在萌芽

奮力汲取養分
突破限制
以堅強的生存意志

茁壯成綠意一片
繁茂昌盛，到達發展的頂峰
只顧向前

時序交替
天宇傳來蕭瑟的秋聲
你人生之子
可曾靜下來查看
時空的座標
處在何時何地
該做何事？
可曾靜下來思索

過往以及未來的問題
有無辜負這中秋
金黃的美意？

冰雪凍結一切活力
包括思緒以及繁華
你是行囊滿載準備重生
或是那隻耽於逸樂
預見結局的蚱蜢？

二〇〇四年九月三十日

附註：子曰：「苗而不秀者，有矣夫！秀而不實者，有矣夫！」天有時序，人有代謝，順天應人，庶幾可以無憾。

是什麼

那衝昏頭的
不是執著不顧是什麼？
需要訴說的
不是千言難盡是什麼？
使人泰然心甘的
不是堅持無悔是什麼？
一切的一切

是什麼？
為什麼？

二〇〇四年十月三日

生與死之間

無非是老，是病
有何難解
其依託難道是
一些喜怒哀樂愛惡欲？
或是所謂貪嗔癡？
如何解開
這謎，那是日日月月
生生世世

套在智者頸上的真珠
愚者的枷鎖

二〇〇四年十月七日

男女以外

除了飲食還有什麼？
意思是
吃喝玩樂
或是愛恨情仇之外
便無別的可能
抑或是
本來就如此這般了

二〇〇四年十月八日

苦樂之辯

追求樂的結果
一定是苦
追求苦的結果
雖不一定是樂
但一定比較不苦

二〇〇四年十月九日

遠山蒼茫

車在高架道路上奔馳
以速度和堅定的方向
形構圖的初稿你說
「無論未來如何
此刻是真實的
如果有變化
會很傷心很傷心」
望著遠山蒼茫

「我會比你更傷心」
車行更快一轉彎
已奔出畫框
隨風的對話也在
飄渺的餘白落了款
封存在離別之後成就一幅畫

二〇〇四年十二月二十六日

無已時

——我願與君相知，常命無絕衰。

我對你的戀無已時
只因那難得的際遇
和款款深情
不管日出日落潮來潮往
如鷗鳥為海浪盤旋無已時
對你的感激無已時
因你只知付出不求回報

一直為人設想不計人的惡
永遠恩慈有情有義
讓人知道寬恕與包容
因為這一切不論如何
我想我對你的感念無已時

二〇〇四年十二月二十九日

美麗的旋律

——給知音

一種旋律
自始存在
賴知音者將音符組合
一首詩
境界本然
惟詩人的妙手將他發掘
感情飄渺

經緣會與淬鍊
亦成一段真愛
而多的是
旋律空自美麗
境界等待跫音
有情人夜半垂淚

二〇〇五年一月二十九日

我是紛還聲影中惟一的高音

幕起時
如夜鶯自無邊的黑暗
飛進偌大的舞臺
誰知因何啟動
那獨特的情節
一如生命的誕生
主軸是不並存的
來自靈魂深處的惟一旋律

總是在紛遝聲影中
汩汩然貫穿內心
放任生命的開展
如何解開隨之而來
衍生不止的謎團
此時能肯定面具隱藏的
醜陋嗎？
或華麗外表的背後
並非高尚的心靈也未可知
迷霧重鎖，九轉魂魄的歌聲
在情境變幻中迴盪
劇情多麼急迫

那主角深沉的悲哀
原是隱藏心靈深處的自我
這一切只是劇情嗎？
啊不，他的喟嘆我的淚水
那魅影倏忽明滅
專注於他的影蹤
卻無識他的來處
苦心追查生命演繹的密碼
忽視歸納探索
這衍生的困局
如何掙脫
只能循著主軸

在紛遝聲影中放懷高歌
啊看那夜鶯就要振翅
向無邊的黑暗飛去
追尋迷途
真假成敗誰能肯定
幕落了
我是魅影魅影是我
人人是魅影
只有魅影非魅影
我看歌劇還是歌劇看我

二〇〇五年二月三日

附記：新年伊始，看了電影歌劇魅影，那渾然的劇情紛至遝來，主軸的樂音悠揚宛轉，那巨型吊燈轟然落下，心情竟隨之貫穿！頓悟舞臺聲影是假，眾生才是真的劇情，導演以妙手造境，映出真實的內心，那魅影像是每人的心，而幕起幕落之間，不就是人生嗎？紛遝的聲影代表外相與眾多迷惑，魅影是堅持不悔的心，主軸樂音就是命運。

時間自此

分隔你我
開始是分分秒秒
然後日日夜夜
歲歲年年

時間自此
分隔你我
開始是思思念念

然後恍恍惚惚
渺渺茫茫

時間自此
分隔你我
開始是涓涓滴滴
然後變成細流
終成汪洋
對你也不復記憶

二〇〇五年四月二十九日

遠方

那是風箏飛不到的地方
我們情愛抵達不了的土地
不盡剝落模糊的景象
也能透露沉封的秘密

依稀已然遺忘褪色的消息
和曾經美麗的誤會
在時間的定點漸行漸遠

終於只剩消失的波紋
無聲無息的進行
這一切的轉變
風不停止凝望聯繫的斷線
那飄然隱去的身影

沿著偶然的曲逕飄行
猶似風箏的前程
啊那是我們迤旎的過去
與無關的未來

二〇〇五年九月二十三日

縱然

翩翩飄落的黃葉
不由憶起
那刻意遺忘的時節
與未曾珍惜的容顏
我心縱然堅決
卻淌一滴一滴的粉淚

二〇〇五年九月二十八日

音息

文字
負載著語意的重責

語意探詢心聲
更充斥著艱險

乘著文與意

當委棄了目的

進入空靈
卻發現那似曾相識的身影
多麼契合的心靈
多麼令人欣悅的奇緣啊！

二〇〇五年十月三日

曾經

我是你的
你是我的
過了些時候
不知為了什麼
你不再是我的
因為我發現
你不再是你

甚至
我也不再是我了

二〇〇五年十月六日

夜讀聞一多（一八九九——一九四六）

蓄積的能量就要迸發
壓抑的情緒即將宣洩
天際升起獨特的星
宇宙孕藏的規律
不疾不徐的進行
那自然的變異
與感情的生滅
都在星光熠熠下完成

即使未完成
也是刻意
無關美醜不管得意或飲恨
失去和擁有
如繫的心事隨風
感歎漂泊的深秋
縱然傷情
我猜測你不像
在喜歡的人面前
羈絆於在意或戀念
忘了做自己
你恣意你放懷

勇猛迎向壯闊
在繆斯的跟前
做他不馴服的奇才
創造綺麗
而不是眾多扭捏的
可有可無的一角

二〇〇五年一一月一二日

愛情

興起於偶然
成就於激情
炫爛於夢想

卻無奈地
束縛於現實
可懍於認清
不容於平淡

終究
窘迫於欲罷不能
欲聚無門
愛情來時多可喜
卻注定她必然的
美麗的夭亡

二〇〇五年十一月十四日

附註：何其芳（一九一二～一九七七），花環：「你有美麗得使你憂愁的日子，你有更美麗的夭亡。」

心事

你知道我的心事嗎？
跳躍的麻雀
你知道我的心事嗎？
翩翩的蝴蝶
你知道我的心事嗎？
這一片枯葉
我原以為這無情世界
再無人知我滿腹的心事

絕望的坐困此地
懵然感受周遭
像瞭解我複雜的心事
當麻雀飛走
蝴蝶無蹤
枯葉埋入叢草
只剩遙遠的你的心
知道我的心事

二〇〇五年十一月十九日

鈔票

花花綠綠
滿是皺紋與污漬
細看才發現
每張都有精緻的構圖
與優美的線條
無非闡述一個人間觸不及的夢想
或誇示王侯將相不朽的功業
間有零零落落人文的勾勒

令人驚訝
儘管文字千奇百怪
圖案卻如此相似
也可以輕易解讀
樂土不存在
以及多少善惡多少血淚
假汝以行

二〇〇五年十二月三十日

星聚

為什麼心意相通
卻距離遙遠？
為什麼無可容忍
必得朝夕共處？

二〇〇六年一月四日

國家圖書館出版品預行編目

燿燿星光 / 周君正著. -- 一版. -- 臺北市 ：
秀威資訊科技, 2010.07
面； 公分. --（語言文學類；PG0397）

BOD版

ISBN 978-986-221-517-3（平裝）

851.486　　　　99010832

語言文學類　PG0397

燿燿星光

作　　者 / 周君正
發 行 人 / 宋政坤
執行編輯 / 林世玲
圖文排版 / 陳湘陵
封面設計 / 陳佩蓉
數位轉譯 / 徐真玉　沈裕閔
圖書銷售 / 林怡君
法律顧問 / 毛國樑　律師
出版印製 / 秀威資訊科技股份有限公司
台北市內湖區瑞光路583巷25號1樓
電話：02-2657-9211　　傳真：02-2657-9106
E-mail：service@showwe.com.tw
經 銷 商 / 紅螞蟻圖書有限公司
台北市內湖區舊宗路二段121巷28、32號4樓
電話：02-2795-3656　　傳真：02-2795-4100
http://www.e-redant.com

2010 年 7 月　BOD 一版
定價：220 元

讀　者　回　函　卡

感謝您購買本書，為提升服務品質，煩請填寫以下問卷，收到您的寶貴意見後，我們會仔細收藏記錄並回贈紀念品，謝謝！

1.您購買的書名：________________________

2.您從何得知本書的消息？

□網路書店　□部落格　□資料庫搜尋　□書訊　□電子報　□書店

□平面媒體　□ 朋友推薦　□網站推薦　□其他__________

3.您對本書的評價：(請填代號　1.非常滿意 2.滿意 3.尚可 4.再改進)

封面設計____　版面編排____　內容____　文/譯筆____　價格____

4.讀完書後您覺得：

□很有收獲　□有收獲　□收獲不多　□沒收獲

5.您會推薦本書給朋友嗎？

□會　□不會，為什麼？________________________________

6.其他寶貴的意見：____________________________________

____

____

____

讀者基本資料

姓名：____________________　年齡：______　性別：□女　□男

聯絡電話：________________　E-mail：____________________

地址：____

學歷：□高中(含)以下　□高中　□專科學校　□大學

□研究所(含)以上　□其他_______________

職業：□製造業　□金融業　□資訊業　□軍警　□傳播業　□自由業

□服務業　□公務員　□教職　□學生　□其他__________

請貼
郵票

To：114

台北市內湖區瑞光路583巷25號1樓

秀威資訊科技股份有限公司　　收

寄件人姓名：

寄件人地址：□□□

(請沿線對摺寄回,謝謝!)

秀威與BOD

BOD（Books On Demand）是數位出版的大趨勢，秀威資訊率先運用POD數位印刷設備來生產書籍，並提供作者全程數位出版服務，致使書籍產銷零庫存，知識傳承不絕版，目前已開闢以下書系：

一、BOD 學術著作—專業論述的閱讀延伸
二、BOD 個人著作—分享生命的心路歷程
三、BOD 旅遊著作—個人深度旅遊文學創作
四、BOD 大陸學者—大陸專業學者學術出版
五、POD 獨家經銷—數位產製的代發行書籍

BOD秀威網路書店：www.showwe.com.tw
政府出版品網路書店：www.govbooks.com.tw

永不絕版的故事・自己寫・永不休止的音符・自己唱